FOS
12/00

La historia de Navidad

Según los Evangelios de Mateo y Lucas
De la Biblia del Rey Jaime

Pinturas de Gennady Spirin

Henry Holt and Company

New York

Henry Holt and Company, LLC, *Publishers since 1866*, 115 West 18th Street, New York, New York 10011

Henry Holt is a registered trademark of Henry Holt and Company, LLC
Illustrations copyright © 1998 by Gennady Spirin.
Introduction and afterword translation copyright © 2000 by Henry Holt and Company, LLC
All rights reserved.
Published in Canada by Fitzhenry & Whiteside Ltd., 195 Allstate Parkway, Markham, Ontario L3R 4T8.

Library of Congress Cataloging-in-Publication Data
Bible. N. T. Matthew. Spanish. Authorized. Selections. 2000.
La historia de Navidad: según los Evangelios de Mateo y Lucas de la Biblia del Rey Jaime / pinturas de Gennady Spirin.
Presents the story of the birth of Christ, from Mary's meeting with the angel Gabriel to the
birth of baby Jesus in a stable and the visit of the shepherds and three Wise Men.
1. Jesus Christ—Nativity—Biblical teaching.   [1. Jesus Christ—Nativity.   2. Bible—Selections.
3. Christmas.   4. Spanish language materials.]   I. Spirin, Gennadii, ill.   II. Title.
BT315.A32S63   2000   232.92—dc21   99-49956

ISBN 0-8050-6454-0 / First Edition–2000
Designed by Martha Rago
The artist used tempera, watercolor, and pencil on watercolor paper to create the illustrations for this book.
Printed in Italy
1 3 5 7 9 10 8 6 4 2

The excerpts used in this book were taken from the 1960 Reina-Valera version of the Santa Biblia.

Para mis ahijados

—G. S.

3

Los *Evangelios* son los cuatro libros que relatan la vida de Cristo y sus enseñanzas. Éstos se encuentran en el Nuevo Testamento de la Biblia.

Primero viene el Evangelio de San Mateo, seguido de los Evangelios de San Marcos, San Lucas y San Juan.

San Lucas cuenta la historia de cómo el ángel Gabriel visitó a María para darle la noticia de que daría a luz a Jesús. Lucas también describe el viaje a Belén, el nacimiento de Jesús en un establo y la visita de los pastores.

La mayor parte de los hombres eruditos creen que Lucas era médico. Algunos dicen que también fue pintor. Viajó por todo el mundo antiguo con San Pablo para dar a conocer las enseñanzas de Cristo. Muchos piensan que Lucas escribió su Evangelio durante su estancia en Grecia o Asia Menor, entre setenta y ochenta años después de la muerte y resurrección de Cristo. Se le considera autor de otro libro del Nuevo Testamento, los Hechos de los Apóstoles. De los cuatro autores de los Evangelios, Lucas ofrece el relato más completo de las circunstancias del nacimiento de Cristo.

Mateo fue uno de los discípulos de Jesús. Es probable que escribiera su Evangelio entre cincuenta y setenta y cinco años después de la muerte y resurrección de Cristo. Mateo creía que con el nacimiento de Jesús se cumplía una profecía del Antiguo Testamento: "He aquí, una virgen concebirá y dará a luz un hijo, y llamará su nombre Emanuel, que traducido es: Dios con nosotros"(Mateo 1:23). El Evangelio de Mateo cuenta la historia de los Tres Reyes Magos. Como Lucas, Mateo viajó a muchos lugares del mundo antiguo y predicó sobre Jesús.

A L S E X T O M E S el ángel Gabriel fue enviado por Dios a una ciudad de Galilea, llamada Nazaret,

a una virgen desposada con un varón que se llamaba José, de la casa de David; y el nombre de la virgen era María.

Y entrando el ángel en donde ella estaba, dijo: ¡Salve, muy favorecida! El Señor es contigo; bendita tú entre las mujeres.

Mas ella, cuando le vio, se turbó por sus palabras, y pensaba qué salutación sería esta.

Entonces el ángel le dijo: María, no temas, porque has hallado gracia delante de Dios.

Y ahora, concebirás en tu vientre, y darás a luz un hijo, y llamarás su nombre Jesús.

Este será grande, y será llamado Hijo del Altísimo; y el Señor Dios le dará el trono de David su padre; y reinará sobre la casa de Jacob para siempre, y su reino no tendrá fin.

7

Entonces María dijo al ángel: ¿Cómo será esto? pues no conozco varón.

Respondiendo el ángel, le dijo: El Espíritu Santo vendrá sobre ti, y el poder del Altísimo te cubrirá con su sombra; por lo cual también el Santo Ser que nacerá, será llamado Hijo de Dios.

Entonces María dijo: He aquí la sierva del Señor; hágase conmigo conforme a tu palabra. Y el ángel se fue de su presencia.

I I

José su marido, como era justo, y no quería infamarla, quiso dejarla secretamente.

Y pensando él en esto, he aquí un ángel del Señor le apareció en sueños y le dijo: José, hijo de David, no temas recibir a María tu mujer, porque lo que en ella es engendrado, del Espíritu Santo es.

Y dará a luz un hijo, y llamarás su nombre Jesús, porque él salvará a su pueblo de sus pecados.

Y despertando José del sueño, hizo como el ángel del Señor le había mandado, y recibió a su mujer.

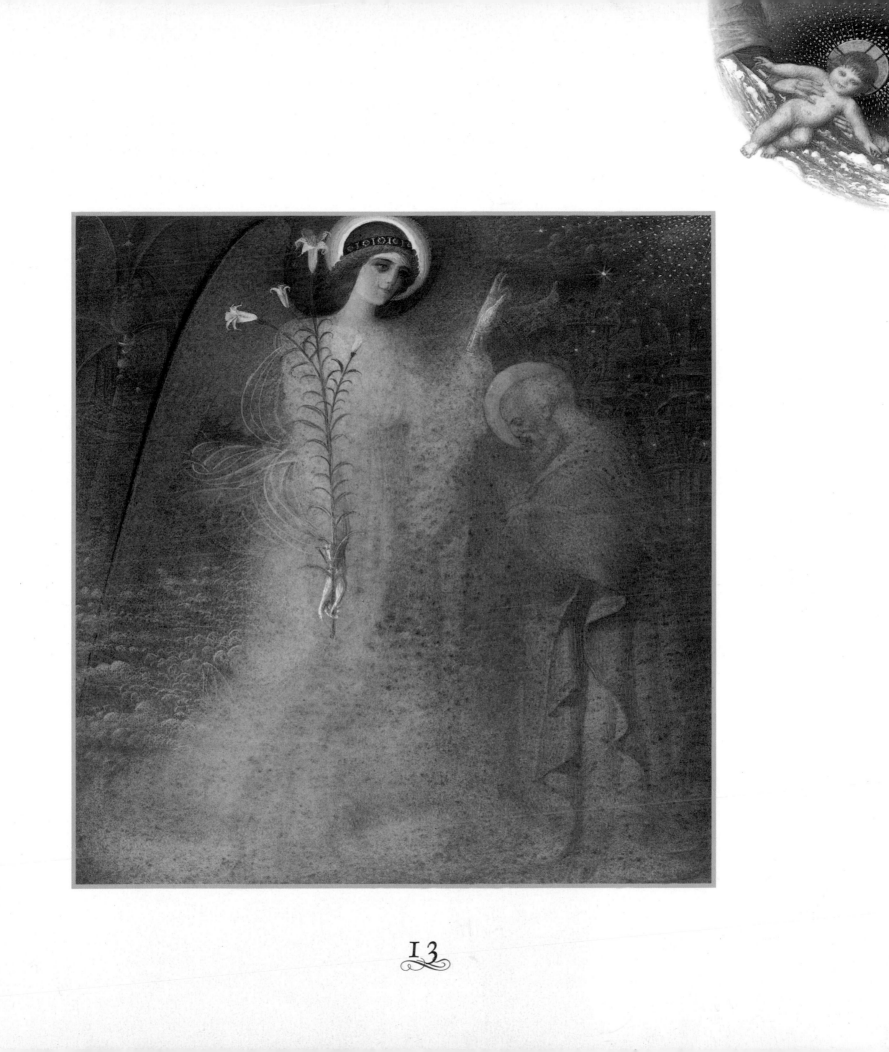

13

14

Aconteció en aquellos días, que se promulgó un edicto de parte de Augusto César, que todo el mundo fuese empadronado.

E iban todos para ser empadronados, cada uno a su ciudad.

Y José subió de Galilea, de la ciudad de Nazaret, a Judea, a la ciudad de David, que se llama Belén, por cuanto era de la casa y familia de David;

para ser empadronado con María su mujer, desposada con él, la cual estaba encinta.

16

Y aconteció que estando ellos allí, se cumplieron los días de su alumbramiento.

Y dio a luz a su hijo primogénito, y lo envolvió en pañales, y lo acostó en un pesebre, porque no había lugar para ellos en el mesón.

Había pastores en la misma región, que velaban y guardaban las vigilias de la noche sobre su rebaño.

Y he aquí, se les presentó un ángel del Señor, y la gloria del Señor los rodeó de resplandor; y tuvieron gran temor.

Pero el ángel les dijo: No temáis; porque he aquí os doy nuevas de gran gozo, que será para todo el pueblo:

que os ha nacido hoy, en la ciudad de David, un Salvador, que es Cristo el Señor.

Esto os servirá de señal: Hallaréis al niño envuelto en pañales, acostado en un pesebre.

Y repentinamente apareció con el ángel una multitud de las huestes celestiales, que alababan a Dios, y decían:

¡Gloria a Dios en las alturas, Y en la tierra paz, buena voluntad para con los hombres!

Sucedió que cuando los ángeles se fueron de ellos al cielo, los pastores se dijeron unos a otros: Pasemos, pues, hasta Belén, y veamos esto que ha sucedido, y que el Señor nos ha manifestado.

Vinieron, pues, apresuradamente, y hallaron a María y a José, y al niño acostado en el pesebre.

Y al verlo, dieron a conocer lo que se les había dicho acerca del niño.

Y todos los que oyeron, se maravillaron de lo que los pastores les decían.

Pero María guardaba todas estas cosas, meditándolas en su corazón.

Y volvieron los pastores glorificando y alabando a Dios por todas las cosas que habían oído y visto, como se les había dicho.

23

Cuando Jesús nació en Belén de Judea en días del rey Herodes, vinieron del oriente a Jerusalén unos magos,

diciendo: ¿Dónde está el rey de los judíos, que ha nacido? Porque su estrella hemos visto en el oriente, y venimos a adorarle.

Oyendo esto, el rey Herodes se turbó, y toda Jerusalén con él.

Y convocados todos los principales sacerdotes, y los escribas del pueblo, les preguntó dónde había de nacer el Cristo.

Ellos le dijeron: En Belén de Judea; porque así está escrito por el profeta:

Y tú, Belén, de la tierra de Judá, No eres la más pequeña entre los príncipes de Judá; Porque de ti saldrá un guiador, Que apacentará a mi pueblo Israel.

Entonces Herodes, llamando en secreto a los magos, indagó de ellos diligentemente el tiempo de la aparición de la estrella;

y enviándolos a Belén, dijo: Id allá y averiguad con diligencia acerca del niño; y cuando le halléis, hacédmelo saber, para que yo también vaya y le adore.

Ellos, habiendo oído al rey, se fueron; y he aquí la estrella que habían visto en el oriente iba delante de ellos, hasta que llegando, se detuvo sobre donde estaba el niño.

Y al ver la estrella, se regocijaron con muy grande gozo.

Y al entrar en la casa, vieron al niño con su madre María, y postrándose, lo adoraron; y abriendo sus tesoros, le ofrecieron presentes: oro, incienso y mirra.

Los Reyes Magos y los pastores difundieron la buena nueva del nacimiento de Cristo, y hoy en día, el 25 de diciembre, celebramos ese acontecimiento tan importante. Pero el 25 de diciembre no es en realidad el aniversario del cumpleaños de Cristo. Nadie sabe con certeza el día exacto de su nacimiento. Muchos estudiosos creen que antes del siglo IV, el nacimiento de Cristo se conmemoraba el 6 de enero y se llamaba la Natividad. También en esa fecha, se celebraba el bautismo de Cristo y la visita de los Reyes Magos al establo de Belén con el festival de la Epifanía. No fue hasta el año 353 d. de C. que el Papa Liberio en Roma declaró el 25 de diciembre una fiesta cristiana para conmemorar el nacimiento de Jesús.

Durante la Navidad, encendemos velas para celebrar la luz que Cristo trajo al mundo.

Gennady Spirin

nació el día de Navidad de 1948 en una pequeña ciudad cerca de Moscú. Graduado de la Academia Stroganov de Bellas Artes, emigró a los Estados Unidos en 1991. Vive en Princeton, New Jersey, con su esposa y sus tres hijos.

El señor Spirin ha ilustrado varios libros para niños, entre ellos *The Nutcracker* (El cascanueces), *Gulliver's Travels* (Los viajes de Gulliver), y *The Tempest* (La tempestad). Ha recibido numerosos premios por sus obras tanto a nivel doméstico como internacional, algunos de los cuales son:

～ Golden Apple Award, Bienal de Ilustración (Bratislava), 1983, por *Marissa and Gnomes* (Marisa y los gnomos),

～ Primer Premio, VI Premio Internacional de Ilustración de Libros Infantiles de Cataluña (Barcelona), 1995 por *Kashtanka*,

～ Uno de los Diez Libros Mejor Ilustrados del Año del *New York Times Book Review* por *The Fool and the Fish* (El tonto y el pez), *Gulliver's Travels* (Los viajes de Gulliver), *Kashtanka*, y *The Sea King's Daughter* (La hija del rey del mar),

～ Cuatro medallas de oro de la Sociedad de Ilustradores de Nueva York, por *Boots and the Glass Mountain* (Boots y la montaña de cristal), *The Children of Lir* (Los hijos de Lir), *The Frog Princess* (La princesa rana), y *The Tale of Tsar Sultan* (La historia del Zar Sultán).

¡Gloria a Dios
en las alturas,
Y en la tierra paz,
buena voluntad
para con los hombres!